瀑布中上升的部分

程继龙 著

长江文艺出版社

程继龙

陕西陇县人,生于1984年,现居湛江。文学博士、副教授。近年开始发表新诗、散文,也致力于新诗批评、研究,著有诗集《若有其事》、诗学专著《打开诗的果壳》等。

目录

辑一　约等于生活

父亲的证明	003
你从海上来	004
妈妈和植物心连心	005
打火车	006
幼稚园	008
剑树人	010
水晶珠链	011
物质主义婴孩	012
"朵朵"	013
静夜思	014
折香椿	015
小事件	016
山林上的光	017
回乡的一种可能	018
别离曲	019
忆旧游	020
雪的诗	022
家里真干净	023
野蜂蜜	024
午后的奖赏	025
垂钓	026

新的一天就这样开始	027
雪花	028
献给岳父	030

辑二　瀑布的回声

林中空地	041
总有一些事情没有根据	042
海边听戏	043
白鹭	044
八达岭	046
乌鸦	047
初雪	048
感动	049
路遇	050
归途	051
春夜	052
大地之灯	053
葡萄	055
钟声	056

夜中不能寐	057
隐去	058
永不再来	059
出神	061
路过中秋	062
立秋	063
宁静的心	064
幻象	066
想象瀑布	067
马路爱	068
伤口	070
台风过后	071
半岛的孤独	072

辑三　故事展

美丽烤羊	075
卖火柴的小女孩	076
柳侯祠	077
小匠人	078

草地上的母女	079
深夜街头谈诗	080
听闻死讯	081
看云	083
诗人	084
哭泣的女孩	085
脑溢血事件	087
外国夫妇	088
蒙娜丽莎	090
友人	092
我的身体里藏着一座寺院	094
重逢	096
毛驴颂	098
创可贴	100
隐士	105

辑四 无以名

幻想者家族	115
看云	116

山中	117
远芳侵古道	118
节日	119
缓释片	120
想起李贺	121
城市边缘	123
机场端午节	125
随想曲	127
绝句	128
白光	129
歌声	130
眠歌	131
结局一种	132
雪朝	133
冬日清晨，不宜说出梦呓	134
竹林的故事	135
回望	136
火	137
后记	141

辑一　约等于生活

父亲的证明

很多次历经这一情境:
我们相跟着出了院子,沿着岁暮的雪线
一直爬上去,无限好的河山
这一处是母亲等待你们
年轻的爱情的核桃树下
那一处是你带领年幼的我们
收获劳动的幸福的田垄
如今只有纸烟火星的闪烁、夜禽的孤鸣
我们站在壁立的悬崖上,你摸摸索索
从胸口掏出一张证明,白纸黑字
证明你是我父亲,无论我怎么劝说、哀求
你都不能收回那只执着的手
那张纸飘飘悠悠,落下悬崖
一直要落到人间的底层、岁月的尽头
为此,数年来,我想尽一切办法
哄你说话,督促你吃药
延缓那日益迫近的老年痴呆症

你从海上来
 ——献给无限的同代人

今天是什么日子,我竟然再次
和你坐在同一张桌上,碰响酒杯
你从海上来,我的目光
从两条雨线之间穿过去
感到了宏大而古怪的空茫
好在两条雨线,落在同一片
海面上。还有无数的人
等待我借着酒力一一找寻
那和我在同一张架子床上打着手电筒
读过孙少平的人,一直看着我
却突然转过头去的人,告诫我
把钱装在自己口袋里才是真理的人
他们一一踏上这片海
慢慢地坐在你我身边
共同举起酒杯,不再争吵
不再少年意气,不再各奔东西
酒杯里的潮声越来越静寂

妈妈和植物心连心

妈妈进门来,水都顾不上喝一口
就打开各种袋子、盒子
冬枣的表皮泛着月色
葡萄一颗颗玲珑成七层宝塔的模型
还有数不清的小米粒,制成各式点心
的小麦,最优秀的仍然是核桃
它们小心翼翼地保持着果肉上的
薄膜,以便我不费力气就能剥掉
我几乎能想见,它们紧急地
离开初秋的枝头,在黑暗的
机舱里格噜噜响,想像妈妈那样
倚着舷窗,向外张望
故乡的样子、宇宙蔚蓝的本相
冰箱里香气馥郁,我数千里之外
的小家,变成了植物果实的仓库
那些圆的扁的孩子,仍恪守着
它们母亲的话,一心要对我好
要奉献给我,全部的香与甜

打火车

小时候最爱去二姨家,最爱干的事
就是跟着小表哥抱着一堆
土坷垃、石子儿,打火车

每当那庞然大物洋气地、嚣张地
从村头的小山口呼啸而过
我们便飞一般跑起来,抓住
转瞬即逝的机会,拼命地制造欢乐
制造尖叫

而我,更多的只是面对和追随
那个轰隆隆又落寞的影子

只有一次,我们兜着一前襟
偷来的青苹果,投向闪亮的
车窗,铁轨上酸甜飞溅
我们心里爱恨交加

绿皮火车、白皮火车,过去了
慢速火车、快速火车,过去了

三十年后，我躺在雪白的卧铺上
眼睛忧伤地留意着窗外，总是在
等着迎接那个疯小孩，他猫着腰
抓着苹果，做出瞄准的动作

幼稚园

我偏爱幼稚园这个叫法
还不单纯是因为鲁迅
这么叫过,我觉得这名字
更配得上园里密集的笑脸
和园上木棉花间鸟雀的眼神

我在栏杆外看着一伙小朋友
从门口涌出来,每件体育器材上
登时就有了一个小主人
他们在那里攀爬,打滚,发呆
还有一位坐在水池边
变成想象中北极熊的模样

他们有时为了捡到的一朵花
倾巢而动,有时候把脑中的想法
掏出来撒满一地,就连他们的
哭声中,也点缀着魔法棒
彩虹发卡、北斗七星的亮光

面对这个我永远去不了的地方
我执意认为,这就是

极乐世界在人间的模型
他们有老师照顾,可我们呢
我们何时才能长成他们的样子

剀树人

这是我家乡的叫法
他们经常是伐木工的近邻
樵夫和棺材匠的上家
有段时间我特别羡慕他们的职业

在我生活的海滨小城,他们的工作
已与过去不同,以市政
而不是市容的名义,他们身着工装
手持油锯,站在吊车橙红的吊斗里
轻轻地上升,轻轻地拉过
太野的、多余的枝条

他们的工作非常高效
偶尔会造成轻微的交通中断
如果他们愿意,也会有例外
比如某个窗户后面,睡着一个
孱弱的小女孩,他们会特意为她
留下一两朵还没开败的花

一整条街的大树,一会儿
就改变了模样,他们带来
创伤,却从不留下伤痛

水晶珠链
　　——给果果

用五月的新丝串成
有着初夏的桑叶和天气的明亮

它的塑料珠子，竭诚模仿着水晶
质地的坚硬和色泽的晶莹

五颗珠子，和我小女儿的年龄
正好对应。第一颗是她
出生时的眼泪，第二颗是那年
我们在故乡山间捉到的萤火虫尾灯
第三颗是跌落枕边的流星
第四颗是公主的专有，第五颗
是秘密，不告诉你

这幼儿园手工课上的成就
全送给我了，还有命令
"好好戴上，不能丢掉
要和妈妈一样美！"

物质主义婴孩

用脚心蹬,用肚皮蹭
床、房子、你眼中的天空
用嘴巴亲吻和撕咬
所有可能的事物

你是如此爱这个世界
粉色的味蕾,贴住表面
唾液和酶渗入隐秘的缝隙
铁是冷的,荔枝甜而多汁
布娃娃散发着白云的味道

乐曲喷出液体
花朵伸来柔软的拳头
爸爸的脸浮在色彩的浊流中

时刻准备着投入世界
用嘴巴拼命爱一切
一刻不闲,终日劳苦
仿佛这个人间
根本没有变味和伤害

"朵朵"
——写在朵朵二周岁

云朵的朵
花骨朵的朵
大快朵颐的朵

吵醒天心的宁静
哪怕她是最自在的一朵
掐掉枝头的嫣红
哪怕她是最娇羞的一朵
开动腮帮子的小马达
饕餮一切近在眼前的酸甜

呵,我如今有这样一个女儿
地板托举着她,她就是
整个房间的中心
朝阳照耀着她,她就是
整个白天的中心

鲜艳的皮球飞出去,她随着
欢快的尖叫、想象的燕子追出去

静夜思

两颗小土豆,被梦煮熟
摆在我床上
一个叫朵朵,一个叫果果
花叶葳蕤,手握虫鸣

宁静印在她们洁净的皮肤上
香气仿佛往事的余韵
化解于一次微妙的笑意

只有一个人,跑出了白天
霸王龙的追逐和咆哮
站在梦的边缘
用父性的目光,临照着
她们小小的国土

折香椿

有种美味来自天上
一二寸的嫩芽儿,长在
耀眼的地方,蓝天衬着它
鸟儿陪着它

父亲施展他的本事
抱着枝干溜上去
手脚要轻,口气要温柔
一边折,一边赞美

母亲在下面,把头仰起来
用笑脸做成盘子,迎接
从天上掉下来的礼物
迎接三月的到来

配上两个鸡蛋
我和姐姐坐在树下,感到
生有可恋,还要给村里的
孤寡老人留上小半碗

小事件

忽然离开手的护持
忘我地下落,加速
片刻的沉醉终结于刺耳的
撞击声。涟漪无形展开

这是妻子洗涮中失手打碎
一只碗,一个小事件
外面鸟鸣如瀑,花儿在春天
红得正酣。我的一部分被留住
体会到一种多余的悲伤

我不是碗上宁静的青花
也不能在瓷片的锋刃上滑行
努力遗忘破碎,就像什么都没发生
就像瓷片准备着割伤光和空气

山林上的光

光从山林上方涌过来
无限的光,有时是在睡眼蒙眬
的清早,有时是在风雨消歇的黄昏
光把潮湿的土地变得真实又虚幻
无数的人从光里,从山冈背后涌来
漫过了稀疏的山林、架子车轮
碾出的道路。在这些人里
我只能认出非常有限的几个
我的爷爷,他的邻人们,入伍没回来的人
被驴踢死的,和山神结了婚的人
我站在门前,痴痴地流着哈喇子
等着他们,带给我一点吃食
他们往往只带来一张黯淡的面容
年幼的我很早就明白
这光最终会消失,他们最终也会
我终将去远方,乘着风
一如偶尔会浮现的彩虹

回乡的一种可能

踏着早春零碎的小雪
下车,步行进疏篱瓦舍
一种熟悉又陌生的现场
新修的水泥路上有牛屎、红炮屑
伸出寒凉的衣袖不断地
敬烟,敬烟

眼前飘过各式脸面
沧桑的、呆滞的、光鲜的
一如被岁月涂抹的门楣
或路边展览般停放的汽车

一不小心,将香烟递到了
空无处。一张看不见的脸
接了过去,蹲在身边
默默地抽了起来,火光
照亮了,暗下来的天色

别离曲

离开时我身后的山越发神秘
水汽氤氲,草木蔓衍无边
只抛出鸟语一二句
与我置身其中的时代完全不同

这可是故乡的山啊
决定着我必须说点什么
可是一个决定离开的人
有资格说什么呢

汽车载着我们扬长而去
仿佛奔赴了那个
在云中隐去了多日的山头

忆旧游

越过生我的小山村,再往前
十里,进入另一种陌生
麦秀于田,麻雀和枯枝
装点着太古的寂静

村庄出现在林端
雪野的最高处,新修的水泥路
飘然而下,似它刚长出的脐带
去年,我到过那里

一位远房的老姨招待了我们
她拔来小白菜,炒了家里
仅有的几颗鸡蛋
年老的风仪中仍存留着
闺秀的影子
母亲和她的谈天,从日上高林
持续到炊烟浮起,1966年的夜校
打工生活的屈辱、孩子的出路
都在欢笑中付与了门前的流水

如今,她躺进了山间的

某个小土堆。如果我走进村去
再也不会有人给我炒鸡蛋了
可我觉得,我依然不是一个
孤苦的孩子

雪的诗

今夜,渴望写一首
雪的诗

而雪瞬间就涌满了世界
虚室生白,白了前额
白了手脚,白了前半生

而你永远省略不了
雪落的过程
雪落在太早哀伤的眼眸里
落在除夕的红窗花下
落在夜半断枝的脆响中

而父亲在雪中挥舞着镰刀
初嫁的姐姐走在乌鸦乱叫的山上
向往幸福的林教头走在
字里行间翻飞的明灭中

而无雪的地方,人们
从不眷恋空寂和荒凉
的好处,赘肉多了起来
炎症持久不消

家里真干净

独自去了很远的地方
回来,钥匙拧开门
家里真干净

餐具都洗净,摆好
拖鞋都收拢,归位
按照我的习惯
大理石地板泛着蛋清的光泽
窗上有壁虎在散步

仿佛,她还在
仿佛,家里供了什么神
仿佛我沾满尘土的双脚
不便随意踏进去

洗漱之后,躺倒
开始做梦。疲倦慢慢
渗漏而出,淹没了
一路的噪音和面孔

野蜂蜜

野蜂蜜,来自最野的蜂
最野的行动

父亲扛着树桩掏成的蜂巢
深入野地,架在最野的山野

野孩子吃过最狂野的野味
野蜂蜜埋葬无数的野蜂
酝酿月光,也残留着野蜂刺

二十年来我从不看
乏味的保质期和波美度
空空的山野野着万千野花
野蜜蜂搬运着一个野逸的王国

野性的血液
自由的元素

午后的奖赏

渐进梦境的手
仍在给入眠的小女儿
摇着扇子,把凉风轻送
晴空里有飞机掠过
机翼的银光瞬间
照亮房间的镜子、蚊帐
我几乎能看到自己的微笑
一个慈父真实的
荣光

垂 钓

一个柔软的皮钩
从高处伸下来
嘴里溢出甜美的痛楚
我就这样被钓出水面
一直上升
充满期待,不无凄凉
重新看到了人间
母亲低头补衣
女儿伸手要抱
枯叶铺满道路
白云替代了被子
五脏和悬在天心的吊水瓶
一样透明
渐渐出离了医院、病床
我觉得这不是一个梦,不是
一个梦

新的一天就这样开始

两岁的小女儿
双手捧着一枝百合花
用花瓣的尖端
摸我的眼皮

我睁开眼
确信这不是梦境

我眼前交错着
花的洁白,和她
单纯的笑脸

我强烈地相信
窗外就是一片花海
值得我和她走进去
激起春光的涟漪
新的一天就这样开始

雪　花

等待这几何形花朵的降临
是一种通病
我四岁的女儿在南方的餐桌旁想起
在北方的睡梦前念叨

她有她的美丽新世界
小猪佩奇和她的爸爸、乔治
在雪地里跳大泥坑子
"小白兔，白又白
爱吃雪花和白菜"
一切都和白、花、欢乐有关

那白色的皮屑
在小区凌乱的回风中
真的开始落入她上扬的
眼波。一湖水的澄澈与惊喜
仿佛第一只鸟鲜嫩的趾爪
踏上从未有人涉足过的白茫茫的山野

可惜太短了，清晨的盛大仪式
只持续了一支烟工夫，恍如一梦

"为什么雪总是躲着我们?"
我无法回答这洁白的疑问,同问

献给岳父

迟到的人

当席桌全部撤掉,人群已经走散
他才来到,显然他走得很努力
然而乏力

他坐在无人的筵席上
默默地喝酒、吃菜,用和死者
生前对饮的模样、姿势

穿上和死者一起出工、修家电
的制服,简直要给他发上一支烟
招呼哥们坐在副驾上,轻快地出门去了

他捂起眼睛,当粘着机油的手指挪开
我看到眼眶中并没有泪水
他颇显急切,眼球上络着血丝

当时间足够长,他才开始说话
话多得不正常,说的全是过去时

我同情他被囚禁在了过去

剩下的人,开始注意到他
来陪陪他,好像又形成了一个小型的
葬礼,为了他又把死者送别一回

救　火

我们夜以继日地为他建起了
别墅,配上厨师和智能管家
然后却在他离去不久的庭院里
把这精美的建筑烧掉

按照古老的仪程
排着队,捧着与他有关的物品
——投入熊熊的火焰,连同他
的气味,诵经声响起
葬礼即告完成

只有他独自加入了救火的行动
他高声呼喊着,快用光了
池塘里的水,危及了池鱼和生活

可我们对此无动于衷,生死
只隔着一线的距离

橘外人

我们吃橘子的时候,谈起了他
他是水果爱好者,和水果
相亲相爱,并且波及了
亲人邻里

但是现在他只能
在这红色的表皮外徘徊
我们在里面团团而坐,拼命地
吮吸着过于甜蜜的汁液,消费着
剩下的橙黄色灯光

也许他已不再需要食物
只是担心着我们患上"三高"
如今他只能在那翠绿的枝头
延续着往日的遗风

亲爱的死者

在机场安检口,我撤下了
臂上的黑纱。我饿了
报复般地埋头吃快餐
然后发疯般奔向登机口

我是要摆脱他还是追上他

有一刻钟,我感到浑身发冷
抱着卫生间金属的马桶呕吐不止
按老话来说,我是被他跟了一程
问候了一下。而这,肯定是
出于对我的关爱,一如生前

抬望眼,万米高空的光
照射着机翼,他黑色的身影
突然出现在辽阔的广场上
无边无际的白
他在那里开始生活,散步
并且回头发出一个意味深长的
微笑

弥留之际

看不见的火焰在燃烧
他用最后的力气撕扯纽扣
未果后用虎口捶打胸膛
越来越无力,为了救出体内的
另一个人
医生命手下拿剪刀来

等衣服被剪开、扔掉
肋部的栅栏被扳开
可以自由出入了
却出奇地安静下来

也许更严重的是
他完全暴露了
赤裸裸,没有任何遮拦
手指动了一下
是扣动扳机,还是
抓住救命的稻草

替他吃

令我女儿大惑不解的是
她外公究竟躲到了哪里
奠的酒他不喝,献的肉他不吃
洁白的菊花百合他闻都不闻一下
这个清明,算是白过了

离开时,我拿起一颗车厘子
说你替他吃

后来我女儿就说
我替外公吃早餐,喂汪汪

替外公走路、上学
替他陪他的还活着的爸妈玩儿
自然她也有她的烦恼
老是替外公,要是有一天
她长成了外公的模样,怎么办

如果爱

现在你已不在,我竟然
说到爱,但是你真的爱过我吗
数年前在白色房间,厄运降临的时刻
你分明躲开了我伸过去的手

但两个成年男人的爱
会是什么样子的呢,俩胡子拉碴
的爷们坐在街边互诉衷肠
让人情何以堪。我仅仅
因为爱一个和你高度相关的人
才以女婿的名义站在了你面前
你因为在父亲的名义下必须付出
额外的部分,才把我划分了进去

是谁定下这必然的规则
念及此我忽然悲从中来
你走过来,用看不见的手

替我擦去脸颊上的泪水
你是我父亲的影子,你加速了
我对我女儿的怜爱
当换位思考时
我甚至模仿你当初看我的
眼神,看二十年后走向我的
某一位男子

我权当你爱过我,毫无条件地
你也权当我如此,不需要任何
中介和推衍,这样就扯平了

可是你已不在,我在何种
可能性上进行着我的假想
但是不这样我又能怎样
念及此我忽然泪流满面

恢　复

我小心地说话,小心地
坐在她身边,把筷子、餐巾纸
摆在她面前。过马路时
拨一拨她的肩膀,防止发生意外

偶尔用嘴唇碰一碰她太阳穴上的

发丝,却好像在乘人之危

我想她当然有正常的一面
在办公室一边核对文件,一边
用右颌和锁骨夹着手机
清晰地回答一个个问询

我们开车到一个岛上
把过往撒在了一片薰衣草粉紫色的
花束下,然后端着圆鼓鼓的椰果
看着海面平静了的蓝色表皮
补偿性地说了很多话,努力碰触着
隐秘而庞大的禁忌

直到一个多月后的某个深夜
我翻身起来四处找她,她坐在马桶上
我打开灯,她搂住我的膝盖
抽泣着:"我想我爸爸!"

辑二 瀑布的回声

林中空地

驱车到山顶,然后步行
去往一片更高远的青葱
如释重负
暂时获得了天上人的心境
其实只是抵达了一个松林中
古老的阴影围成的一小片空地
蝴蝶翅膀打开,又合上
白色日影自上而下照着白色细沙
好像什么神圣的事物,已经气化
但并没有消失。我们就在那里
站定,落座,烧烤
想起"远上寒山"的诗句
仿佛在老家,老父亲为我们
留守的那个庭院。而故园未远
村庄就在手边野花稀疏的山崖下
最后我们收拾垃圾,挥手告别
就像随手锁上一把无形的锁

总有一些事情没有根据

你推门进来,把一幅漫画
搁在桌面上,说"送给你"
以此告别。我脑中盘旋着
"再见"的歧义性
那幅画,说实话技术很一般
只是草地画得很绿,天空很蓝
有一滴水的晶莹,你曾说过
你做得最多的梦,就是在天上的
那个湖泊中游泳,或者飞
可我从来都是一个旱鸭子
此事已经过去十多年
我在那幅画的空白处发现了
一个被擦掉的人,他背后有翅膀
擦抹的痕迹还在,就像刚刚才
留下的。我突然很感动
那个还没出场就失败的人

海边听戏

那些铙钹、唱腔纸片般落下来

带着铁镣的单童在台上疯狂踢踏
他踏自己离不开的瓦岗寨
可海水并不为他扬尘

白娘子的水袖散发出人性的气味
她哭一个春天没有美满地完成
可海水并不为她多出一滴

黑脸的包公歉疚地俯身一拜
堂上的柱子登时开裂,伤口蔓延
可海水并不为他多出一条涟漪

而我只有一片海水,只有两只
并没有得到多少进化的耳朵
收拾心情,趿拉着拖鞋
加入了椰树下烧烤的队伍

那些铙钹、唱腔仍然纸片般落下来

白　鹭

一想到这些白色的精灵
终将彻底消失，我就加速了
自己的审美和关怀

它们在翠绿的波峰上起舞、斗殴
耍小聪明，排泄粪便给
下面掏鸟窝、捡贝壳的小孩
这些都值得被宽容

朝着太阳飞
朝着理想主义的食物，可到了中途
就叼着一条弹涂鱼折返了回来

其中一位居于绿色庭院的中心
用一只脚伫立，模仿日晷
沉思宇宙精神
有所得时仅把眼珠转动一下

海陆交界带的物种，短短数年
就灭绝了上百种，每念及此
我就带着末日的眼光

欣赏一举一动的洁白。落寞时的造物主,悄然坐到了我身边

八达岭

黄栌、鸡爪槭血红的枝叶
欲把天幕托举到宇宙深处去
而脚下绵延万里的砖石
把青山死死地抱住

所以我们走在层层的台阶上
才可以瞻望,可以怀想
给海边的某个正在烧菜的
柔弱的人儿,报一声平安

拍完照转身离去的瞬间
从墙砖的缝隙里,伸出一只
凄厉的手,想拉住我
泪水一下子涌满了双眼

回望着无边的愤怒的群山
我心里说:兄弟姐妹
我们都要好好地活在这片土地上
不管以何种名义

乌　鸦

你来，我便招待你
有茶无酒，无可无不可
关起门来长谈到雪花落下
可是你我之间，横亘了一只乌鸦

你放下杯子嘴角显出
一枚黑色鸟羽，抹也抹不掉
正如在你我未见面的十年间
某一个黄昏的小路尽头

核桃树叶脱尽，你那时想
要是知交零落尚有剩余，该有多幸运
而那树上的乌鸦发出的沙哑叫声
不是在送葬，是在模仿喜鹊

转瞬，它就飞出屋外
汇入了这古城天黑前
盛大的鸟阵，天高地迥
整个城市被吊了起来，旋转

初　雪

我能给予温暖
而你没能来，北风和星光
从玻璃窗的缝隙里挤进来
热情地推送西山之外的冷冽

天明后我投入一场神圣的行旅
白杨的枯枝像一道道白色的火焰
充当天宇的血管，只不过
渗漏出更多的湛蓝

另一处更精彩，宫女在琉璃瓦的
屋檐下，仰面伸出粉嫩的舌头
舔吮上天晶莹的冰锥
和我一样，她们的鞋子也湿了

所有不平，皆被抹杀
走在恅惚的亮光中
甘愿作为卑微的装饰品
时刻准备，加入西风的赞美

感　动

总有一种场景在梦里
反复上演

我悬在万米高空，做个洗楼工
玻璃窗里一张天真的小脸
比画着问我"你妈妈呢"

走失已久的恋人，眼眸
出现在蓝色湖泊的表面，担心
我在孤零零的枝头悬得太久

邻近的云层中
一颗鲜红的橘状星体
没道理地燃烧了起来

这样我便不会成为一个
径直冷下去的人质

路　遇

你把车停在路边
令她摆好姿势，按下快门

地点看似平常，但肯定是你
临时认真选定的

低矮的黄花规矩地开着
模仿着太阳的头颅，挤在一起

你说，孩子加油！
她用连衣帽把头包住

像顶着风雨或重物
侧身对着长长的路

远处雾已经升起
你对她满怀希望

可是她长大后也会有背叛
世界上的坎坷一点儿也不会少

归　途

我们并肩坐在车上
没有说话,陷入各自的心境
就像一对陌生人,让霞光
铺满天空,穿过座位间
昏暗的空间,落在你
睫毛的末端

我瞥见,一只野兔或火狐
风一般越过公路栅栏外的田野
消失在岁暮荒凉的山林
思绪随它而去,瞬间又返回
肯定有可爱的事物可爱地存在
让我忘却了不幸,如此恬静

仿佛看到炊烟,看到家园坐落在
雪岸,仿佛一根针在月光中
纯粹地下落,针尖闪着银光
身体的记忆里飘着漠然的花瓣
心头滋生起幽暗的秘密
无人知晓又你知我知

春　夜

一半花香，一半月光
我坐起时后半夜还没有来临
墙上的树影有足够的耐心
接着摇摆下去

你从来就没有去远方
只是把留在北方、留在冬日的身体
一点一点拉回春天，它太贪恋
如画的鸟语，玲珑的雪意

你看这静谧、这风月永远
灌满世界，梦的水膜胀破
噎在喉咙的渴望。这是最后的故事
最后的地方，你不能再逃亡

大地之灯

蓦然相遇,我怀疑是在东山魁夷
回家之路的烟霭中依稀见过,或者
真得抽出了梦的表皮,淡淡地立在
乡村公路边,一截土坎下

四周的草开始衰朽,已经过了
夏天的尾巴,与它相邻的灯柱
都已故障,或者不愿再醒来
只有它孤零零地立着,立得及时

给出一个坐标,我的哭泣
有了始末,失散多年的弟兄
围着柱子坐,保守着天真的辛辣
不愿撕破外衣,在美丽的光下

我捕捉到那张洁净的脸
我曾经吻它,折起它野性的翅膀
不要走,这里有家园
也有远方,我们可以生长到老

但是已经来不及了,我们的车

消融在夜色里,更要命的是内心的压力计
快要爆表,不像这大地上生产出的异类
超越四季,还源源不断地汲取着地心的营养

葡　萄

酒后的晚上
我生活在
一颗葡萄里

甜蜜的汁液
奔涌而又凝固
葡萄籽般待对位置
火焰般回旋

趴在半透明的
葡萄皮上向外张望
看见无数球形房间
无数呆萌的大眼睛

这样便不再感到孤独
头顶还有养料
源源不断输送进来

钟 声

蓦然心动
最好有一场钟声
把我从人间拔出
带着整个寺院的宁静
那里香炉干净,僧衣干净
古木和高檐上倒扣着碧宇
质地渐渐加深
角落里还留着,适当的积雪
就被这钟声
撞得脆薄,洗得干净
随一阵风消散
也没有怨言

夜中不能寐

独立中宵,在故乡山间
看见群星萌动、旋转
一如名画中情形
其中一颗毅然划过天宇
直奔山底,决绝不悔
山底必有另一家园
屋宇倒悬水中,草木古雅
人众聚族而居
再也不为发财与进步
忧戚和别离

隐　去

活着，就是不断地隐去
抹去头顶执意冒出的芽儿
树叶隐于泥土
鸟儿隐于天空
尘埃隐于星云
悲伤和梦想都成为
黑暗的眠床

永不再来

记起了,那是某年
在某个火车站,月亮升起来
光打在天桥的广告牌上
牌下来往的人潮匆匆,一刻不停
包括我,怀着一腔心事
和严冬风雪带来的寒冷、卑微
走开了,永不再来

记起了,那是某日
在故乡某个无名的山野
看蓝蜻蜓互相追逐,在水边,酸刺枝上
牵引着绯红的霞光,进入孩子早熟
但日渐幽闭的内心,将他变成
一枝怒放的花朵,这些
走开了,永不再来

而这一刻,面包的香气
干扰了电视机前例行的休息
爱过的人,如过江之鲫纷然远去
毫无关系的事件围坐在柱子旁边
拖延着人生亲如兄弟,过早退却了的热情

能否在健在的花叶上回潮,而这一切
走开了,永不再来

出　神

谈话的瞬间
你去了很远的地方
在一个安静的仄声词里
眉峰蹙了起来
额上罩着些伤神的云彩
旋又浮出一个短暂的微笑
我看到天光重新亮了起来
细细的绒毛，闪着金光
有些人，有些事
终于看到了尽头
多么难得。你安坐的背景
一泓无形的秋水，兀自寒凉
偶尔漂过残缺的黄叶
什么都不留住

路过中秋

天空变得透明起来
尽管最终还会混沌,像大地
暂且抬起头放开眼光吧
让眼球变大,让蓝蜻蜓、灰树叶
傲娇地打滑,贪婪地飞掠

还有云烟,各色的光
头发朝上或颠倒着
浮起来,向上走
一如儿时满载而归中途又倒空
扑向温柔的怀里,倾诉
我只是疲倦了,我不要死

还有月亮
穿着古旧的皮肤
含着黄铜的哀愁,一如既往地
守在原地,在你回去的路边
不能提供一个卧室,却能
堵住一个流血的伤口
放出蓝蜻蜓、灰树叶、金羽毛
安静地飞,飞呀飞

立 秋

转凉的水漫天流过
洗着面目模糊的人

有多久了
没能站在路边
和一束草几只虫蚁
度过一个完整的黄昏
没能留住一场交谈

内心余温尚存
而一山黄叶用渐少的人迹
荒凉的田地、归于尘土的伦理
冷却少年的世事

转凉的水漫天流过
面目模糊的人在别处
消化新闻,应付正务
做一个正常人

宁静的心

> 回看天际下中流,
> 岩上无心云相逐。
> ——柳宗元《渔翁》

凝视的目光溶解在水里
就像深秋的雨,你不知道
鱼的悲凉,将另一世界的寒凉
和黑暗,永远往嘴巴里吞咽
直至变成血肉,和那莫须有的灵魂

鱼知道水草在下面的沉默
在镜面上就变成一缕秋天的光辉
动人的表情足以安慰过客的失落
就像人们有史以来在晚上屈服
白天依旧用坚硬的心活着

瞳孔放大,就像涟漪行到久远
容纳得下天空及偶尔逸出的飞鸟
将内部的乌云一把一把掏出、扔掉
成为轻云,还不过瘾

最后索性连手、胳膊都扔掉

切记,天黑时不要哭泣
这不是因为眼泪无处盛放
你是如此热爱人世,你已脆弱
如纸张,你没有能力将自己
放大到,让万物都承认你的悲伤

幻 象

那年,你站在花树下
花正酝酿着佳期
你已领略了它的全部芳华
在笑靥,在眉梢,在心头
我也即将爱上你,致命的
秘密感情,一切只是时间问题

我跌入你的瞳孔
迎面撞上蓝天白云,漠漠星空
沉浸在一口深深的黑井
黑暗满腹、满骨
我就此被淹死,无限沉沦

在那里紧紧咬住幼芽
手脚交织成星座,灵魂解体
残存的心念泛起罪恶的浮沫
遥远的人,我们未来的儿女
仰头看见了,指着说:
瞧!幻美的国度

想象瀑布

在黔东南玩,谋算着
去黄果树,但未能成行
遇雨,崴脚,和友人意见不合
就像此前生活中一连串
说不出口的不如意

一日梦醒后
蓦然想到瀑布,巨大的
白色液体,自天而降
钝拙的轰鸣从皮肉锉入骨头
更使我出神的,是瀑布中
一小部分,以水沫、雾气
的形式,从深渊里上升
轻盈地,转瞬即逝,前仆后继
甚至连声音都没有

念及此,
我忽然心头发热
眼中有了泪花

马路爱

我也喜欢兜风,发梢
被风撩动的感觉真妙
迷恋速度与激情,也拥有
行者的十八般武艺,启动
冲刺、加速、神龙摆尾
扬长而去,直插云霄

但我知道,不能这样
我须付出更多的爱意
爱马路牙子,爱下水道井盖上
咕嘟的热气,爱老弱行动的迟缓
爱那些再也没有机会上路的同类

我须更温柔一些
适时地停在红绿灯下
绅士地靠在同行骑手的一侧
慈爱地看着祖国的花朵
在歌声手拉手里飘过斑马线

告诫自己不能传递伤害
至今犹记,蜜月那年

在故乡小城,一辆电动车
撞上了我妻子,她跪倒街心
难以起身,流着血
还被车主辱骂

伤　口

洗去秽物，一遍遍消毒
涂抹上药膏，来一块创可贴
肉色的，完好如初

穿好衣服，背起包
正常地走过你的目光
继续剩余的旅程

当初的灿烂多么盛大
实际上在巅峰，已经预感到
意外，可仍然选择了不计后果
那时烟花装点你的眼角
河流追随车轮上的笑语

如果你也有相同的处境
那么撕裂时粘连的就不会是
孤立的岛屿

台风过后

榕树趋于静止
就连最高的微枝,也获得了
娴雅的姿势

来到海滨,仿佛是为了
看望某个过分感情用事的亲故
坐在水汪汪的石凳上
看到了一片青灰色的空茫

那种心境难以言喻
随着仍在上升的风云往宇宙的高处飞去
如此的积极是为了什么
低头轻喟,抓起一把沙

接通了一种神力
竟然散发着温热,顷刻之前
它们在风暴中经过了怎样的
化身亿万、生死疲劳

半岛的孤独

小镇,人们认真地打鱼,晒网
问路时热情地比画,粗糙的手
指向远方,其实每一条路
都结束于近在咫尺的海

只有我独行堤上,成了
看风景的人,镜头追逐着早晨的波光
渔船上迅速散开的炊烟
延续着人间的气味

而海岬,漠然地横呈
抛荒了爱恨,及无意义的残余
此外就是无休止的白浪
永远地伸出手去,想抓住什么
手边放着,整个半岛的孤独

辑三 故事展

美丽烤羊

一只羊走在羊群的最后面
走着走着就变成了烤羊
它是从辽阔的草原出发的
你相信,那里有澄澈的水源
安详的风吹着它的毫毛
吹着水中变成了羊的云朵

羊走着走着就变成了焦糖色
美丽的颜色,油滟滟的
能满足眼眶代表的欲望
羊的速度慢下来,健朗的
肋骨上冒着香气

羊身上暗藏着几何形的孔洞
肥美的部分已被挖去
只不过你看不到那把
切肉的刀子,及刀子后面
娴熟的手法。这是秘密进行的
被剔除的还有羊行进的主题
及一路上适时涌现的风景

卖火柴的小女孩

我们都爱看火柴点燃的光焰
以及光焰中的节日和天国
但都忘了
手指跟着燃烧的疼痛

女儿,你明亮的眼眸不要流泪
天才为我们准备了一切
残酷的动人元素,新年
白雪中的一缕幸福微笑

女儿,我希望你结束悲伤
拉着我的手安静地睡去
女儿,我希望你快快醒来
我们一起沿街叫卖

那只脏鞋子,在教堂前溜达
找不到她的小主人
也不再怕它父母的打骂
小小的身子灌满了钟声

柳侯祠

和在儋州东坡书院一样
我踱进去,仿佛遇见了
千年前的亲戚
人们赏识他的清风、文采
我去了一下他的盥洗室
便匆匆走出
门前山峰似剑铓,割伤了目光
谁能成为
那条
日光空无中,往来翕忽的
小鱼

小匠人

他躲在"建极绥猷"的牌匾后
尽力拉着链绳,以免掉下来
砸中并不在场的皇帝

上蹿下跳,对斗拱敲敲打打
检查帝国的卯榫有无松动

钻进军机处老臣的鼻烟壶
帮着打出一个爽快的喷嚏

当我走向一名宫女溺毙的水井
他报以诡谲的一笑

他还为我拉开宫墙夹成的拉链
露出上天湛蓝的大肚腩

当我离开,他混进夕光中的鸦群
发出苍凉的鸣声,影子留在飞檐上
成了仰头所无法看见的第十只走兽

草地上的母女

青春过了她瘦削的肩部
但面颊上的明亮还在
银杏过多的金黄泼洒在
脚下的弧线上,没有阴影

另一个,青春痘、爱情
离她可能还需二十年
蹒跚到小丘的尖顶上,但只可能
一头扎进,气泡上低温的七彩王国

以至于她的母亲
奔袭上去,对着高处伸出双臂
挽救一桩发生在想象中的事故
一缕长刘海严重地垂落

国内外大事与她们无关
我是匆忙的人流中的一个,恍惚
觉得,她们代替我的妻子、女儿
在这冬日的午后,真实地生活着

深夜街头谈诗

交谈,开始于一次诗会
结束后的深夜,距离很近
却看不清对方的眼睛
话语之流告别禁锢的脑筋
自动在彼此之间的无形道路上
低飞,磕碰,噼啪着幽微的火花
在激动的时刻,我听不清他
重要的论断,一如他固执地拒绝
接住我瓜熟蒂落的发现。弯月低垂
汽车尾灯忽闪,蒙面的骑车人
打着口哨远去。冥冥中我感到
为了谈论,我们忽略了更多的血肉
这分明是一种宿命。我们抱着
各自古旧的窗户,无助地
据守在破碎的孤岛上,背后是
荒凉的海水,夜色仍在加重

听闻死讯
　　——悼念诗人小美

这意味着一个微信的失联
如果还想在人间找到回音
就只能将自己跌入过去

太多的手伸来，捋不到成熟
的浆果，碰到了眉毛下的
铁蒺藜。痛有时会带来
空白，热血涌上头顶

而她的遗孤，在我家乡过年的
祥和气氛里按响了门铃
怯生生地奉上了她为答谢亲友
的厚爱，亲手炸的油饼

而现在他转身跑回家，发现
他的妈妈已去了冰冷的殡仪馆
窗台上整整齐齐摆着一溜
精致的药瓶，仿佛是
留给神吃的

我总愿意相信
那些过早离去了的善良灵魂
都是奔赴了头顶某一朵
高亮的白云，那里准备好了
一间幸福的静室，取消了
最后的挣扎和哀求

看 云

看云的人
最后就变成了云

再来看云的人
须用眼睛挖出他
不但要付出眼中的白
还要抵抗释怀带来的淡漠

新出土的事物
带来鲜亮而有害的黄昏
云以雪片的形式，淹没了
初遇时的门外

诗 人
——给李松山

你总使我想起:
收割过的麦茬地里
一颗玻璃珠子,沾着露水
里面棱棱角角
有色光芒来回折射
执拗地想要割伤什么

城郊的冈坡上,羊群
仍在紧张地吃草
白雾升起,淹没了
还没有搬离的人家
在后来的洪水
还没有公然席卷一切之前

哭泣的女孩

这偶然的遇见,很像电影
高潮时的情节,铃兰香参差明灭
她的脸变成了很多几何体的形状
角度组合都太过锐利,流出了
并非直线的泪水

忽然蹲下去,身体高强度地
折叠在了一起,我想那样会
挤出更多珍贵的液体,可这
并没有起到减小压力的效果
这里也不是理想的场所
筒灯并不明亮,电梯的按钮
静动无序,这都无所谓
她要是一直小下去,成为一个
超重的点,我的关心该
如何进行下去

假如我是她父亲,我就把手
深入她的头发,把正在搅成一团的
情绪解开。假如我是
她男友,我有秘密地

打开她美好肉体的正确方式
假如我是她儿子也好啊
我会抬起纯真的眸子，叫一声
妈妈，把她从垂直降落的隧道唤回来

可惜我都不是
人类的哀乐如此不能相通
而且，连我自己都很难保证
我的这些多情的悲悯中不含有
背离伟大伦理的成分
难道是苔丝，在黑旗停止飘动
的黄昏，回到了最初的闺房
难道是早年乡间，我私奔了的一个
姑姑，从远方穿越了回来

脑溢血事件

颅腔内闪电划过,酣畅的红色
将她的生前淹没,带来
死后的日常情景。北方冬天、清早
我下楼去,看见医护人员的白大褂
看客半张的嘴、不明所以的宠物
围成一个临时现场,好像有腥味
呛到我,救护车莽撞地离开
完成了一项任务。街坊照例尽着
闲话的义务,一个情节越来越圆满
那老太进火化炉时,睁着一只眼
等见儿子最后一面,燃烧的眼球
最终没有被一个人影填满
不久她住过的一楼拐角的储藏间
打扫得干干净净,住进了另一个人
掩盖了生活之前的中断

外国夫妇

我供职的学校里有一对
外国夫妇,他们每次出现
都背着专业的大背包
似乎要远行

女性,发丝白如亚麻絮
男的面部皮肤发红、发皱
永远紧跟着她的,马尾辫
总是出现在早餐前、晚饭后
步履踩着直尺的刻度

他们是北欧人、南美人?他们
走在斯堪的纳维亚的冰原上
还是加勒比辽阔的海岸线上
那位女士,有时停下来
瞪大眼睛赞美天气
在草丛里捡起一块碎瓷片

我有限的英语,听不懂
他们在说什么,但多年接触
带来了奇怪的熟悉感

擦肩而过,相视一笑
感觉我们都是地球母亲的孩子

蒙娜丽莎
　　——致辛波斯卡

我再也不愿咿咿呀呀对着人傻笑了
电话里说不清,如果你在面前
我就穿过你,弃你而去

多少目光,堆积起来
只不过是加剧了我脸上
油彩黯淡的速度

如果我飞起来
裙裾混同于殿堂上空
流泻的晚霞,充其量是制造一次
话题的泛滥

有一次我试着跨出画框
一不小心撕破了丝袜的圣洁
使远山的背景更加错位

我爱的男人,是我的上帝
也是我的妈妈,就连他画的鸡蛋
也充满生机,咣当!一个椭圆

无法拥有，令人心醉的
心碎

我在原地坚守了五百年
无数的鬼魂试图从墙的另一面，撞入
结果头破血流，你看看你们的时代
连水蛭都毫无进步，星座溃散为砂砾
无数的鬼魂排着队，无忧无虑却悲惨地
走过厨房、战场和教堂前的空地

友　人
——兼呈扬臣

他一步步备齐了诗人的装备
一头长发,有海浪的形状
陡增的酒量,随时按照灵感
行动的做事风格

与此相反,在语言的微观实验室里
越来越持重,总是在找那唯一的切口
这里缩小一下分子的间距
那里扩大一下效果的酸碱度

往往是活计还没有收工
就迫不及待地发给我欣赏,至于公之于世
可能是几年、几十年后的事
我也是如此,有时半夜
从梦中抠出几行文字,期待着
他的进一步完成
似乎文字是一种只有在共同目光
的照耀下才能进化的物种

他比我更敏感于周边的风景

更注意抓取"月亮没耳朵"之类的语言
更能迅速而自然地和美丽女性打成一片
他比我年长十岁,好像我们
一起抓着一条叫作时间的纤绳
愉快地相向洇渡了五年

他自称是我的对手
酒足饭饱后我宣布:这算什么
我们还要为人类诗歌的地平线
逆风飞上一会儿

我的身体里藏着一座寺院

当你抱住我时
我的身体里藏着一座寺院
你的臂膀感受到的是
瓦上残雪的寒凉
不要抽泣,眼泪会砸醒
炉中的香灰,在低处造成
小小的不必要的事故

那里关着几位僧人
他们的影子都飞走了
有的挂在月牙上,成了一袭
虚弱的袈裟。回面坐进了
石头,龙蛇在他的身后盘曲
还扔着几只破损的水瓶

偶尔抬眼,会看到
有朴素的妇人低着头
在涧边取水,她们确乎是被
对岸的村庄艰难放出的,提着
一桶人间灰暗的秘密匆匆在走

别再有多余的想法了
菩萨的微笑及她身后不曾有
瞬间停顿的飞瀑,皆属奢望
我们的一生是如此偶然
珍重,最初踏入庙门时
晨光打在你睫毛上
清冽危险的气息扑面而来

重 逢

这是多少次幻想过,或在梦中
演习过的,在某趟穿过春风的
车厢尾部,在一场事件完成后的
风景地,在某朵停云的笼罩下

那张永恒的脸浮现,连带着
血肉饱满的肉体,我该怎么
和你并排而坐,怎样平复
呼吸的陡峭,那宿命降临的时刻

却出奇地安静,巨大的恨意
展开,人性的恶在时间的放大镜中
显影,人生总有迈不过的坎儿
对爱的不接受中,总是包藏着巨大的轻蔑

小说中写的毕竟不真实
活成了某人的反面,就为了
对抗,在早年的某个瞬间
就决定了的宏大工程,怎么可能

恍如昨日,玫瑰还等在玻璃门

的光影中,心绪配合着礼花绽放
可现在孩子的哭声堆叠
无数的往事和屈辱堆叠

无所谓了,只有那缕恨意含着蔑视
越来越寂静而磅礴,可能你也这样想

毛驴颂

我早年的生活中没有马,只有它
劳作后肚子底的汗珠绝对美过鬃毛
末梢荣耀的汗血,那无用之物

智慧不大,但足以化解
困苦之地的大小矛盾,比如驮着重物
上坡,走的是严格的之字形路线

忘记了被杀和痛苦
但若从遥远的地方返回,精准定位的程度
不输于历史上被标记过的那匹老马

知道水井里发生了事情
因此拧着鼻孔,坚决不做同流合污者
后来事态的发展证明了它的选择带有正义性

绕着木桩站立,一整天
不吃不喝,仍坚持对爱情的信仰
对尚在数里之外的异性秀出自己的武器

它死在了九三年。甩开四蹄

走过昨晚悬在城市高楼大厦上空的钢丝绳
走向我，拥有了感人的超越性

创可贴

1

云勾头看着人间
越是充满敌意,就越美
无所不用其极又一无是处
简直要使你跳起来,或吊着你的脖子
在空中摆来摆去,激起轻快的涟漪
冲掉一身的广告、俗气

2

面包里加入太多的奶油
是对面粉的随意侮辱
就像擤一把鼻涕抬手就抹在了磨面机
钢化的脸面上。嚼着这样的早餐
出门去,发现路边椰树下倒扣着一只鲜红的
婴儿座椅,上面站着一只巨喙的老鸟
空气竭力维持着,那个不在场的婴儿
留下的柔弱空洞

3

放下手机
让我看看你
你劳碌了一天的面庞星空般笼盖在
我眸中深处的海面上
让信息的浮沫散去
两只海豚贴着蓝色的界面，飞快而调皮
地浮出，倒立
滑动的只是天边云彩的背景

4

止不住的血往外流
撕开这张用久了的小布条，干干净净
就像什么都没有发生。时间被折叠，被吸纳
扔到地上时，发出沉重的声音
有多少洁白，才能抵得上一个深刻的伤口

5

城市上空飘来欢快的歌声
一种从外面覆盖的规定性，既然如此
我们还有什么忧郁的必要

为了难以启齿的、堂而皇之的问题

我心中长出的,直抵蔚蓝天花板
的枝梢,必须全部割除
留下一片齐整的草坪
以便在上面摆放气球,和快乐说明书

甚至这还不够,干脆竖起一面
巨大无比的镜面,挑选好看的
硅胶人跳动光滑无痕的儿童舞

6

你离去的日子
成为一道白色的伤痕
耸立在天际线
和我之间,隔着茫茫的海水

既然无法克服
就只有永久遗忘,在劳碌
的瞬间,悠然见远山

以此提醒,我还有来处
一个带有耻辱意味的起源

那纯洁的东西,痛苦而充满诱惑

以至于我渐渐变成了一个水手
一个病态的孩子,越来越眷恋母性

7

总是默默地取消一个个对抗
就像贴上创可贴,砸开坚果
我不是一个小男人
却活成了一个没有硬骨头的人

练习微笑,消除
心头每一个愠怒的褶皱

直到有一日
从世界的斜面上一滚而下
早已没有了那个推着石头
上山的人

8

当我人生的意义被抽空
你还命令我填表
我填,填上草的户籍、鸟的学历

白云的履历
给扫描仪看
给晴空万里的大眼睛看
如果我们到不了天上,那就
用我一生所填的表格搭起一个
摇摇欲坠的天梯

9

最终,我们抵达一棵树下
像鸟类一样停滞
泯灭了爱恨,没有了远近
大雾从水面源源不断升起
以后有限的日子里
我们唯一要做的,就是
在朦胧中辨认出对方质朴的脸

隐 士

子

隐士,一生活在一次偶然的
意念中,只为将名字写在水上
使无用的事物看上去更美
隐士,只羡慕流水和白云
连明月都有太多的今日和前身
在盛世里洗耳,实无耳可洗

丑

隐士,他的父母妻子
全是他自己,偶尔
将掀帘而进的清风
当成宁静的情人
以便,消遣多余的相思
隐士,寄寓在看不见的城市
花的心中,或蜗角上
在自己血肉的内部感受
家的温暖,在自己骨架的缝隙

看见宫殿的印迹,练习使身意
遍布精美屋宇的角角落落

寅

隐士,不爱听招隐的声音
任它在莅临的途中一寸寸成灰
倒是招魂的声音太过瘾
违背了俗世和肉身,活得自在
在一个不知白不守黑的世界
那里篱笆上开满文字
树头栖迟着空灵的凤凰
午后,将故意剩下的饭菜
放在门槛上,等待鹿来

卯

隐士,喜欢落叶
喜欢一种冰凉的激情
从虚空落下来,就像
落到一种错误的高处
一种逆向的激情
也不屑于思考与春花
与一山落晖的区别与联系
荒原独行,一夜华发

起码热爱这种想象和感觉
沿雪线行走,一路看见
雪光、烈烈西风
和悖时飞出的鸟儿

辰

隐士,有一瞬生活在
唐朝的某种心意里
认可了人终究是幻觉的动物
从弥天大火到伫立堂前
眼中浮现幽美的光影
需要走过多少光年
才能抵达林表的雪色
有多少温柔和崎岖
需要书生去拥抱和抛弃
渐渐地就觉得
头发和袍服太过老旧
从生的心绪里面钻出了太多的蛀虫
和被狂风吹落的纸片
干脆让它抛荒成一片无法定义的
原野

巳

隐士,曾经做过一个梦
一个人面色凝重若无其事
在众人面前,食用青铜符号
蛐蜓的触须还在他嘴角挣扎
另一些人排成乌合之阵
将精血输送给中正的吸星者
它有怎样一个强大而黑暗的胃
隐士明白,阳谋者
在整个帝国面前食言而肥
他肥胖的肚腩抵着江山万里
万千作坊,制作不出一枚绣花针
使膨胀的气球轰然泄气
梦中思梦,幸好只是一梦

午

隐士,冰霜初凝的夜晚
圣人来到他的床边
吻了他安详的眼睑
醒来,在月下搭一架云梯
毫不费力地把自己度上去
享用了一会儿云的玲珑

海的辉煌。在月宫门前
绽开一千朵蔚蓝的牡丹
悠然下望,尔后释怀
并无一滴寒凉的泪水
高山高得圆满,流水流得娴雅

未

隐士,孤独却不孤愤
没必要加固与他人之间
隐秘的连线。有的网结
高高在上,连目光
也患上了恐高症
隐士,昼听鸟鸣夜观天象
学了一肚子无用的知识
仍三更灯火五更鸡
使肚皮精美如瓷
不会再出现任何纰漏

申

隐士,体内豢养的猛虎
久而久之变成了狸猫
目光如丝,通身闪着
柔媚的光辉。见了老鼠

不再有跃起的勇气
只偶尔想想其肌骨的滑嫩
胡须的灵奇,一如自己
万物终有期

酉

隐士,是一缕鸽灰色的光芒
时光纠结、隆起
为他提供完美栖息的褶涧
自满一回,自叹一声
心中升起云烟,双脚踏在
山水空蒙处。手挥五弦
放送慈悲的善意,以防
心绪变得有毒,也为了
使后半夜的月色清凉如水
更适合另一个人仰头观看

戌

隐士,执意登上
绝顶那座并不存在的庙宇
夜色迷茫,在高处就能看见

逼人的睛光吗?绕到佛座的背后
随便看看,对香灰更着迷

默默地许个愿，治疗
莫须有的心伤。一跃而下
或是从古道倒退而下
发现低处更没有确定感
怃然回望，古寺的飞檐
仍在完成一个虔诚的邀约

亥

隐士，葬在一丛闪烁的词语中
墓中空空，只有空气
在里面安坐，搔痒，思远人
仍然履行着一套光滑的仪式
人们用凭吊的动作和凄凉心绪
顽强喂养荒草，星月在天
蝉鸣撑开夕光。无数岁月
轰然坍塌，捧出的仍是那颗
新鲜而无用的心，下酒乎
珍藏乎？高挂起来
逗引彼岸迷人的风景

辑四　无以名

幻想者家族

我必须去寻找你们,你们的孤独
是束状的,立在宫殿前,等着我
整个岁月都是从那里生发的
却不收获任何果实
我沿途迸发,怀着一腔孤勇
说了太多的话,却从未捡到一只
可用于接收的耳朵。思想堆积在
绵延处、褶涧里
陡然隆起的山脉,装满了空茫
撒遍了洁白的鳞片
我们紧绷的末梢被拿掉了射不出去的
箭或触须,在共同的坚壁前
结成新的联盟,慷慨悲歌
或相互输送着毫无营养的汁液

看 云

你爱我,禁止我,占有我
但我有权看云
放松表情,调整颈椎
眼眸跟着云跑
我看见云赤裸裸躺在蓝色房间里
看见白衣秀士行进在灰色的大殿里
看见云,为了独立与杰出
把自己像切鱿鱼那样切碎
转瞬又组合成山岳、军团
忽略内在的犹疑和不甘
云也看我,叼支烟
时而空虚,时而闲散,在街边
或在阳台上,慢慢地变回了人形

山　中

进入它，就带上了逃避的性质
奇怪的是这被目为一种雅兴

实际上，我们只不过是
在另一条道上走走，另一种水边
喝饮料，玩玩手机
一过午时，就开始接受
过分的嶙峋，毫无杂质的白云
停在高绝的盘子里，那惯于赞美他们
的人士带着齐整的诗句纷至沓来

小浆果的坠落，将众多的偶然
变成了必然，我们也就
服从于这种规定性。打开自己
横呈于白石之上，贴着自然的纹理
给肉胎传导金石味儿
随身携带的杂事，识趣地滚将下去
变成了尖俏的草叶

如若这一程序是不可重复的
我们终将被自己所熟悉的东西享用

远芳侵古道

些许幻影打扰了午后的睡意
鲜美的花枝谨慎地伸过头顶
可贵的空白,刺猬
迈着小碎步蹿过芳草地,白鹇
从视野的尽头跃起,温柔地入侵
每当此时,我都伸展身体
亲近梦的边缘,澄澈的湖水
有序地铺张过来,使那些穿着美丽
的人儿,有沉溺的可能
然而她们行走在好看的林荫下
累了挥汗,随手就推远一颗星子
而你恰好就是她们中的一员
保持着轻盈,故事压根儿就没有
开启,爱保持着洁白的本质
伤害从来没有发生过

节　日

日子里的古旧建筑
皮肤上的模糊花纹

这一天我们无龙舟可赛
无友人可访,甚至无风景可看
连酒都只是一种有保质期的饮料

破败的心情失效
嘴角上扬,做出一副欲哭的样子
被解读为诗兴大发,即将吟诵
出身错误的句子
而不能归咎于遇人不淑

出走几步,颓唐地回来
不愿成为某种即时的装点
悲哀就是愉快,弄假即可成真

在浅表性的想象里
抬头望着远方,战国或未来
就像在对地平线上缓慢上卷的
太空城的钢蓝色的球壁行注目礼

缓释片

夜晚,它放在桌子上
坚硬、纯白、高标准
像来自另一个世界

进入我的视线,还将
进入我偏爱甜品的食道
柔软而混沌的内脏
苦味:冷冽、精准

可就是这样一个物事
化解危难于无形
给扭结的裂纹
涂上了月光的颜色

不得不怀疑,这世界
仍旧怀着巨大的爱

想起李贺

想起李贺
就想到古旧的皮肤
青铜的夔纹,桃花幽幽
盛开,胭脂泪汹涌在
目光摧折的地方

一个人无端地走在长安
的郊外,初生的朝阳
闪着夕阳的颜色,一个人
蓦然心碎,双目失明
与鬼物为伍

找不到自己的床铺
自己的墓葬。看见天空的
宫殿,白的云,玉的堂
轰然坍塌,凤凰咯出玻璃碴

想起李贺,开始吞咽
无尽的泪水。回到时间的
起源,书生的衣袂和
想象的华发,延伸进

万古的星云

这一切都不重要
重要的是,落实于肉体的痛楚
将此刻无限放大,还嘶鸣着
讨要一个说法

城市边缘

就像人们早已知道的
城市边缘始于一片松林,林中有
无人认领的房间,枝叶、光线
及内在的精神都是黑白的

我们曾抵达那里
沿着偶尔漏下意义的星子
走出去,看到想要看到的
境界,默然欣喜、流泪

在那里我没有父亲
也没有恋人,我们是绝育的
拾起很久以前人们用过的
饮料瓶,举在空中
查看其内壁恍惚的箴言

视野的极限,不一定是尽头
也许到了一定程度,笔直
的路面会猛然陡立
一切终将无可挽回,突转、改变

也许还有人路过、晚餐
只是我们不容易看见
我们在一个地方活动久了
内心的火焰失落而又洁白

机场端午节

在突然的敞开中遁世无门
端着咖啡杯,面对玻璃墙幕制造的打滑
和阳光内部的冰凉,连仰头的动作
都变成了荒芜

早餐吃过的粽子搁在内心的架板上
酝酿不出适当的氛围,供一个节日落地
和弥散开来。必须面对巨大的苍凉
这里缺了一条江,也没有喝彩或悲悼的人群
代之以无限展开的水泥平面
你不想说,眼前的一切只不过是遗址
内爆后的巨大静寂,连蛮荒都谈不上
我们曾经拥有过什么,价值几何
连草木的影子也消失了,鸟儿刚一起飞
就被无形的子弹击中,化为白色泡影
仿佛是为了完成无效的仪式

云烟从广场的中心孳生
恍惚间羡慕缓缓滑动的飞机,那么光滑、确定
仿佛一切都有定论,用不着操心费用和归宿
从漫长的玻璃通道走过去,明明暗暗

仿佛是为了加速造物主梦中的终结
苍白的旭日升起来,没有血色
在一个灰色平面上徘徊,打滑
没有休止

还要面对更大的虚无,撑开眼眶
吞食更多的蔚蓝和云朵,没有谁能和那个遥远的人
形成坚实的对位。这亘古如斯的幻影

随想曲

夏夜从海上涌起
星星爬满梯子的血管
哦,我要那颗心脏
要那对强韧的翅膀

鱼在飞,在火山口
的上空尽情地飞
海水浸泡着他们
美人鱼的宫殿护着他们

哦,我要你
盈满一切的月光
堪可持手的星光
灌满一切的悲伤的光
刺穿性命的芒刺
没有尽头的力量

绝　句

拿走千山鸟飞，还有一缕鸣叫
在意念中热爱绝境
抹去万径人踪，还有一串脚印
不愿消隐，变缓了寂灭的速度

孤舟何以孤
龙照见了鱼影，凤凰找不到竹实
多余的心绪磨损舟舷
吊钩无限下沉，勾住深渊里的刺痛

即使连水底也变质
连倒影也变成一股汲汲上升的势力
乾坤倒转，也不必惊慌
毕竟，你还有雪
还有绝望的句子从鸿蒙处开始降落

白 光

午时的水面
为宇宙贡献着白光
一整个半岛的房子、人们
都在大嚼大咽,睡觉

只有我的眼光从窗帘掀起的间隙
投入这奇异的风景
恰好遇见你,独自在那里逡巡
以一个渔人的模样

这么多年,你去了哪里
你变成了可恨的哑巴
你曾经令我痴狂的面容
隐在太阳的反光里
无法忍受的白

让我也加入吧
鸥鹭一样投入这云天、水波
帮你缓解
这无边的雪色和荒凉

歌 声

在雨幕中,歌声响起
所有的音色都是在复制你
隐秘的热情,肉质的喉咙
地上弹起的水花

都指向你的念想
这么想未免太感伤了吧
一生一半的思想都付与了空幻
不如在窗下起身观看

杉树拥有怎样的威仪
恰当地分开自天而降的银亮
浑身轻微地战栗
它配得上远处,无形的另一棵树

或许它已经化作一只鸟
啜饮乍破的水银,停在波峰上
是容易的,而遗留谷底需要隐忍
为了配合这潮湿而无边的歌唱

眠　歌

睡意淹没脑海
浑浊的液体接通云霓
把一方昏暗的天地据为己有
怀抱幽昧心事
醒来在若干季节之后的某一黄昏
我啊，艰难交付血肉于你
你啊，郑重赐福于我

结局一种

出走,然后躺倒
园里的植物愤怒燃烧
以绿色的火、绿色的血

雪 朝

梦到山巅白雪世界
静坐独自饮酒
杯中映着晚霞
心想,这苦酒须慢慢饮下
才能洗白心中的黑暗
四周不断静下去,有如
雪的体内

冬日清晨，不宜说出梦呓

为记忆和内心工作的人
不论走到哪里
都为了安下一张书桌
长久埋头，偶尔眺望
打枣子的竿子伸向北斗七星
却打下了罪过，摆在自己面前
无法对待。有次他看见
城市中整条河流干了，河床上
俯身捡垃圾的人被雾淹没
他冲进去叫醒一个
猛回头，那人却长着自己的面孔
这亦无法弥补

竹林的故事

竹林,应该有它的故事
就像林梢有月光
最好,有如遗忘
有如,檐角藏着雪意
冷却前额和心事

长袍和影子走过
履行游子和故人的职责,归来
或远去,伸出的手没有被握住
问询没有答案
星云里没有光明和黑暗
只有尘埃

吃冷寂的酒食,读垫桌脚
的书,看菠菜在门前艰苦生长
雕空镂白,无聊胜有招
几乎要在心壁上打开一扇窗
瞥见内部的机关,怪诞的笑脸

无法参与一场整齐的洪流
或送你远去,怀着欢爱或惘然
淡入漠漠远山

回　望

偶尔回望
那是悲凉的日子
凝定在一面窗框里
无雪，夕光堆积
灰尘穿过一个个房间

意念，在无人经见
的地方缭绕，渐隐
不死的炊烟，万千山脉
回旋，沉默的目光铭示
"要对得起一片河山"

而春将回，失落的你
如今开在一朵花上
心中包含着一晕柔光
夜夜将燠热的南风吹送

火

一

我们环火而舞
在夜晚的海滨,加入我们的
还有在海上迷失又回来的人
他把那段消失的部分投入火焰
烤蚝发出清新又悲壮的香味,还不断有人
从泄露着黄光的房子里出来
加入我们的座席,烘烤他们自己的故事
我们的队伍越来越庞大,心思平静
又正式,这些都离不开那堆火

二

父亲带我进城赶集,这是三十年以前
确定的事情,同样确定的是
我们那天清早在山路上的饥寒
父亲爬上树索取它的枯枝,不惜得罪乌鸦
于是有了火。当历经一番繁华
疲顿地踏上归途,暮色中我看见

那堆火成了别人的，我挤过去
在人背后伸出手臂，可是所得的
温暖和安慰非常有限
我发出一声幼小而又哀怨的叹息
这叹息，火理解，但我当农民的父亲不理解
他习惯了有着缓慢的过程性的事物
比如一连十几天，坐在小板凳上拿着鹤嘴锄
一棵一棵锄那些碧绿而又消极的植物

三

被遗弃的事物到底美不美
火……你那时候青春而冲动
但总是打不破那最后的界限
你和她依偎在一起，但仅仅是把肩部
幸福仅限于微小的局部，还需要更深的占有
没错，是占有，那也是她所渴望的
你体内的火焰必须分给她，共同拥有的
滚烫财产，不惜做一具命运实验室
里的连通器。为此，你和她撕掉
被目为伟大的著作的空白页，点燃
以便迎来一个全新的开始
可是你并没有跨出那一步
天知道为什么。那鬼魅的力量
铸就了让你冷却下来的无奈

那没有被纳入身体的部分,徒有焱焱的形
至今凄凉而美艳

四

我们曾在月华临抚的田野里
散步,诵诗,谈各种禁忌之物
触手的是草木的零露
我们想到巨大的美目,有了开悟
的醉感,我们的衣袖开始飞扬
在一个城市之郊秋夜的后场
我们没有感到害怕
但始终都知道发挥巨大作用的有
不远处寺院里彻夜不熄的灯火

五

在关上门的瞬间
他坐起来,从嘴里掏出一缕金黄的火焰
想送给我们,送给世界
可是来不及了,只能把那熊熊的至洁之物
饱餐一顿,他和火焰互为食物
抱在一起,扭打在一起

那个人也可能是你

那个人也可能是我
意识到这个,我仍然要写诗
仍然要烧开每天的炉灶

后 记

我竟然也入选"青春诗会"了，真是出乎意料。此刻诗集编订、校对好，实实在在地摆在我面前，看着它，我心里不免有些感慨。感谢《诗刊》社的编辑、诗人朋友们给予我的无私帮助。

我写诗时间不短了，十几年前上大学时，就组织过文学社，在闹哄哄的氛围里开始了试笔。后来读研、读博，我在选研究方向时，毅然决然地选择了研究新诗。我这个人不聪明，但抱定了一句流行的哲学鸡汤——"人是自我设计的结果"。毕业后，工作八年来，我都是一边讲读、研究诗歌，一边悄悄地写诗。六年前，才开始零星地发表。看到或听到我的诗，很多朋友会惊讶地来一句："哇，原来你也写诗！"每当此时，我心里就会有点小得意，暗自说"这你就不知道了吧"。

我从不怀疑我对诗歌的热情，也不怀疑当代新诗的前途。每次听到一些关心新诗的人（其中不乏名流），对新诗做出感情用事的指责、整体性的否定时，我总是激动地起来辩驳。我也经常为自己这种激情吃惊，好像"新诗"这一"公器"是我自己一个人的。我可能还是太年轻了，忍受不了这些人对新诗的蛮犴的误解、诋毁。在这个时代，有无数的人，在以自己的方式暗中凝视、想象，乃至塑造着新诗，尽管有时候很艰难。艺术上的任何进步，都是艰辛而珍贵的，经不起粗暴的对待。

这是一方面，另一方面，在对待个人写作这件事上，我日渐陷入迷茫。有一次，在广漠南海的一个海滩，我所生活的城市距离它三十公里，面对无边无际的海水，以及海面上野蛮涌溢、势将笼罩一切的云雾，我心生恐惧。那是一种近乎原始的恐惧，"你不情愿/让海水给淹死"（韩东诗句），"看云的人/最后就变成了云//再来看云的人/须用眼睛挖出他/不但要付出眼中的白/还要抵抗释怀带来的淡漠"（《看云》）。我仿佛置身在一座无边流动的蓝色广场上，看着一切光影涌出、组合、消散、飞逝，往复循环。沙子埋着我的腿脚，海水漫过来，我竟然坐在那里流出了眼泪，朋友走过来，轻轻地拍拍我的肩膀。我想到了诗歌，在这样的情境中，关于诗歌的种种思想，都变得流动而又淡漠。"什么是诗歌？""诗歌的功能是什么？""同时代和我一样的人，都在写着怎样的诗歌？"诸如此类的问题占据了我的心头。

至今我仍然不能给出确定的答案，我甚至怀疑任何关于诗歌的确定答案的真理性，这反倒让我生出一种反讽的快感。反正它就在那里存在着，可能还会成为它终将成为的样子，我个人不必在那里感天动地地思来想去，这又近于一种无赖的态度。我反倒是越来越关心——自己能写什么样的诗？这些年来，我躲在角落里，悄悄喜欢过哈代、艾略特、希尼、辛波斯卡，中国的陶渊明、杜甫更不用说了，更以自己的方式把中国当代的口语诗、知识分子写作、新古典、泛乡土、超现实主义等路子操练了一遍。这些模仿文字，大都丢进了写作的垃圾箱。

现在我更心仪一种原生性的写作，即有生活根基的写作。如果写作出了问题，那一定是生活出了问题。我不只是在重复"写作源于生活"的老调，我是说诗歌要和生活建立一种深刻的对应关系。要能在我的诗中，看到我生活的方方面面，只要它是真实地在我外在的、精神的生活中出现过的。生活的质感、情节、常态、意外都要能顺利地流入我诗歌的容器。同时，我越来越发现自己是一个道德主义者，偏爱从伦理的角度感知人、物、一切在时间中遭遇到的东西。哪怕是夕光、白鹭这些自然的物事，我觉得它们能在我们的头顶变幻、飞翔，背后总有某种感人的力量在，更别说历史、现实中和人高度相关的事物了。瀑布中以水沫、雾气的形式上升的水，在故乡那面巨大的斜坡上趴不住滑落下去的老人，这些意象、片段常常打动我。朋友说我"太温情"，我承认自己的好笑。如果最终我能成为一个真正的诗人，还能把诗写上十年八年或直至生命的尽头，我希望我的诗落脚于一种"泛现实主义"的形态。基于我个人的生活，把在时代中感受到的所有有意味的细节、片段都以比较趁手的形式记录下来，"现实的""超现实的""非现实的"等一并交错推进，塑成我的诗歌的世界。

目前我分裂得厉害，我还不能只写某一类诗，不能"统一于一片明净的和谐"。不能"纯于一"已成既定事实，如果到头来连"杂于一"都做不到，那我只有认命。

一切，还有待于写作的验证。

湛江，无声斋

2022 年 7 月 15 日

图书在版编目（CIP）数据

瀑布中上升的部分 / 程继龙著. -- 武汉：长江文艺出版社，2023.1
（第38届青春诗会诗丛）
ISBN 978-7-5702-2896-6

Ⅰ.①瀑… Ⅱ.①程… Ⅲ.①诗集－中国－当代 Ⅳ.①I227

中国版本图书馆CIP数据核字（2022）第165327号

瀑布中上升的部分
PUBUZHONG SHANGSHENG DE BUFEN

特约编辑：丁 鹏　曾子芙			
责任编辑：王成晨		责任校对：毛季慧	
封面设计：张致远		责任印制：邱 莉　王光兴	

出版：长江出版传媒　长江文艺出版社
地址：武汉市雄楚大街268号　　邮编：430070
发行：长江文艺出版社
http://www.cjlap.com
印刷：湖北新华印务有限公司

开本：880毫米×1230毫米　　1/32　　印张：4.875　　插页：4页
版次：2023年1月第1版　　2023年1月第1次印刷
行数：2931行

定价：52.00元

版权所有，盗版必究（举报电话：027—87679308　　87679310）
（图书出现印装问题，本社负责调换）